LES
ANNIVERSAIRES

DES

TROIS MAI

ET HUIT JUILLET.

A PARIS,

DE L'IMPRIMERIE DE LEFEBVRE,

RUE DE BOURBON, N°. 11.

M. DCCCXVIII.

LES ANNIVERSAIRES

DES

TROIS MAI ET HUIT JUILLET.

LE TROIS MAI 1818.

AIR : *Du premier Pas.*

Encore un an,
Où nos cœurs en présence
Peuvent ici céder au même élan,
Et s'écrier avec reconnaissance :
Le Ciel ajoute au bonheur de la France
Encore un an !   (*bis.*)

Encore un an
Que sans pleurs, sans nuage,
La France a vu s'écouler doucement ;
Et tous les ans, grâce aux soins d'un Roi sage,
Elle dira : j'ai passé sans orage,
Encore un an.   (*bis.*)

Encore un an
Qui pèse sur ma tête !...
Dira, peut-être, un esprit mécontent ;
Mais, vieillit-on ?.... tant que le cœur répète :
D'amour, de paix, de bonheur et de fête !
Encore un an !   (*bis.*)

1

Encore un an,
Et chez nous tout s'apaise.
LOUIS l'a dit; que faut-il maintenant,
Pour que l'Europe et s'éloigne et se taise?
Pour voir la France entièrement française?
Encore un an. *(bis.)*

Encore un an,
Qu'au Prince qu'il couronne,
Daigne accorder un Dieu qui nous entend.
Que tous les jours sa bonté l'environne !
Et tous les ans, prions pour qu'il lui donne
Encore un an. *(bis.)*

Encore un an
Qui permet qu'on s'enivre
D'amour, d'Aï, d'espoir, de Frontignan ;
Que sans contrainte à leur charme on se livre:
Car, savons-nous si nous avons à vivre
Encore un an ? *(bis.)*

Encore un an
Dont chaque jour, chaque heure,
De ce bon vin, fit un vin excellent;
Sa qualité, dût-elle être meilleure,
Ne souffrons pas qu'en prison il demeure
Encore un an. *(bis.)*

DÉSAUGIERS, *S.-Lieut. de la* 10e. *Légion.*

LE MOIS DE MAI.

Joyeux père de la verdure,
Gai compagnon des doux zéphirs,
Mois de Mai, par qui la nature
Renaît au bonheur, aux plaisirs;
Mois charmant, terme de nos peines,
Je te nomme *Mois des amours*,
Puisqu'à la fois tu nous ramènes
Le Roi, les fleurs, et les beaux jours.

Par de douces métamorphoses,
Grâce à toi, nos yeux sont ravis:
A nos sens, si tu rends les roses,
A nos cœurs tu rendis les lis,
Mois charmant, etc.

Tu rends l'espérance à Pomone,
Au soleil ses feux bienfaisans;
A la gaîté tu rends son trône,
Tu rends un Père à ses enfans.
Mois charmant, etc.

Ton influence tutélaire
Nous a su rendre, en même temps,
De nos Rois la Fille si chère,
Avec les trésors du printemps.
Mois charmant, terme de nos peines,
Je te nomme *Mois des amours*,
Puisqu'à la fois tu nous ramènes
Notre Princesse, et les beaux jours.

C'est toi qui nous rendis encore
Ce noble doyen de nos Preux,
Condé, que l'univers honore,
Digne héritier d'un nom fameux.
Mois charmant, terme de nos peines,
Je te nomme *Mois des amours,*
Puisqu'à la fois tu nous ramènes
Condé, les lis et les beaux jours.

Aujourd'hui, grâce à toi, la France
Se repose sur notre foi,
Et Paris, grâce à ta présence,
Se voit seul gardien de son Roi.
Mois charmant, terme de nos peines,
Je te nomme *Mois des amours,*
Puisqu'à la fois tu nous ramènes
Et les Bourbons, et les beaux jours.

Gentil, S.-Lieut. de la 10e. Légion.

COUPLETS

CHANTÉS AU REPAS DE L'ÉTAT-MAJOR, LE 4 MAI 1818.

Air : *Des Troubadours.*

Le mois de Mai, le mois cher aux amours,
Vient-il chez nous recommencer son cours ?
Nous chantons le retour des Princes qu'on adore ?
Ce jour déjà fêté, nous le fêtons encore :
      Ah ! fêtons-le toujours,
      Oui, fêtons-le toujours.

Loin des méchans, amis, passons nos jours,
C'est un tourment de parler à des sourds ;

Ils voudraient tout changer, des Indes au Bosphore,
Ce qu'ils ont fait jadis, ils le feraient encore :
Ils le feront toujours,
Ils le feront toujours.

Un Maréchal nous fait de malins tours,
Il ne veut pas entendre nos discours ;
L'éloge le plus franc il l'exècre, il l'abhorre,
Ne lui disons donc pas qu'on l'aime, qu'on l'honore :
Mais pensons-le toujours,
Oui, pensons-le toujours.

ALISSAN DE CHAZET, *Capitaine de la 6e. Légion.*

AIR : *Non, non, point de pardon.*

GAI ! gai !
C'est le trois Mai !
O mes amis ! l'heureux anniversaire,
Gai ! gai !
Pour le trois Mai
Vite il faut faire
Et banquets
Et couplets.

Mémorable année,
Brillante journée,
Où le dieu des lis,
Entra dans Paris !
Oubliant ses peines,
Le peuple, à grands cris,
Dit : Vive LOUIS.
Gai ! gai !
C'est le trois Mai ; etc.

(8)

Des fleurs, des guirlandes,
Des riches offrandes
S'étalent aux yeux
Du Monarque heureux;
Mais aux dons de Flore
LOUIS joint encore
Les fruits de la paix
Qu'il porte aux Français.
      Gai! gai!
C'est le trois Mai, etc.

Sur son sein il presse
L'auguste Princesse
Qui, dans son malheur,
Consola son cœur.
D'Artois le précède,
D'Artois, puissant aide,
Qui vint le premier
Planter l'olivier.
      Gai! gai!
C'est le trois Mai, etc.

Sur leurs pas s'avance
La douce espérance;
Bientôt le repos
Succède à nos maux;
Sur son Trône auguste
Sa main ferme et juste
Place à son côté
Clémence et bonté.
      Gai! gai!
C'est le trois Mai, etc.

Trois Mai, jour prospère !
Où la France entière
Livre à notre foi
Son Père et son Roi !
D'un honneur insigne
Que chacun soit digne ;
A l'envi jurons
Amour aux Bourbons !
Gai ! gai !
C'est le trois Mai !
O mes amis ! l'heureux anniversaire !
Gai ! gai !
Pour le trois Mai
Vite il faut faire
Et banquets
Et couplets.

BOULLANGER , *Sous-Lieutenant de la 9e. Légion.*

ANNIVERSAIRE DU TROIS MAI.

AIR : *Allons , mettons-nous en train.*

Amis , du trois Mai, fêtons
La journée
Fortunée !
Vidons verres et flacons
A la santé des Bourbons !
O Mai ! tu ne nous offrais
Que des fleurs la renaissance ;
Cette année , aux bons Français ,
Tu viens rendre l'espérance !

Amis , du trois Mai , fêtons
  La journée
  Fortunée !
Vidons verres et flacons
A la santé des Bourbons !

La France , comme une fleur
Dont on change la culture,
Périt sous l'usurpateur,
Renaît sous une main pure.
Amis , du trois Mai , fêtons
  La journée, etc.

Pleins des souvenirs si doux
Des Petits-fils d'Henri-Quatre,
LOUIS , pour régner sur nous ,
N'eut pas nos cœurs à combattre.
Chacun, en voyant un Roi ,
  L'espérance
  De la France ,
Criait, lui donnant sa foi :
Vive un Roi de bon aloi !

LOUIS , de la nation
Doit être aimé comme un père ;
Grâce à lui , notre union
Offre un avenir prospère.
Ainsi , mes amis , chantons
  Sa rentrée
  Désirée :
Que nos vers et nos chansons
Ne parlent que des Bourbons.

On retrouve en lui les traits
Qui font chérir Henri-Quatre :
Pour les vertus, les bienfaits,
C'est vraiment un diable à quatre.
Toujours de notre bonheur
  Sa pensée
  Est occupée,
Et récompenser l'honneur
Est un besoin de son cœur.

L'Europe, malgré nos maux,
Connaît bien notre vaillance :
L'Héroïne de Bordeaux
Est la gloire de la France.
Par des gens sans loyauté,
  Trahie
  Avec perfidie !
Thérèse eut du grand Condé
Le courage et la fierté.

Tous nos Princes courageux
Sont chéris de la victoire :
Les Français, conduits par eux,
Sauront soutenir leur gloire.
Mais chérissons tous la paix,
  Sa durée
  Est désirée ;
C'est encore un des bienfaits
Qu'au Roi doivent les Français.

Par ***, *Chasseur du 1er. Bat. de la 11e. Légion.*

TOAST D'UN SOLDAT FRANÇAIS.

Air : *Aussitôt que la lumière.*

Aussitôt que la lumière
Darde ses rayons sur moi,
Je commence ma carrière
Par crier vive le Roi !
Et le cœur et la mémoire
Remplis de Sa Majesté,
Ou je me bats pour la gloire,
Ou je bois à sa santé.

Vous dont j'ai senti la crainte,
Quand du frère de mon Roi
L'existence presque éteinte
Remplissait nos cœurs d'effroi ;
Livrez-vous à l'espérance,
Renaissez à la gaîté ;
Dieu, qui veille sur la France,
Nous répond de sa santé !

Buvons au Monarque sage,
De tout son peuple chéri,
Au Prince dont le courage
Nous promet un autre Henri !
A l'Ange qui, sous le chaume,
Va chercher la pauvreté :
Pour la santé du Royaume
Qu'ils conservent sa santé !

Dans les fastes de l'histoire,
Sans rivaux jusqu'à ce jour,
Nous vécûmes pour la gloire,
Vivons un peu pour l'amour;
Et tandis qu'en preux fidèle
Nous boirons à la Beauté,
Peut-être, en secret, nos belles
Boiront à notre santé.

Français! que ce lieu rassemble,
De LOUIS soyez l'appui:
Jurez tous, jurez ensemble
De n'exister que pour lui!
Et pour l'honneur de la France
Versez avec loyauté
Votre sang pour sa défense,
Votre cave à sa santé!

Le Chev. DE ROUGEMONT, *Officier de la 5e. Légion.*

RONDE MILITAIRE.

AIR : *Oui, je suis soldat, moi.*

Oui, je suis soldat, moi,
Je sers ma patrie;
Pour la France et pour mon Roi
Je donnerais ma vie.

Puisqu'enfin nous reprenons
Nos antiques bannières,
Heureux Français, entonnons
Ce refrain de nos pères:
Oui, je suis soldat, moi, etc.

Sous le règne de Henri,
L'honneur du diadême,
Chacun chantait à l'envi,
Jusqu'au ministre même :
   Oui, je suis soldat, moi, etc.

Bayard, des Impériaux
Voulant sauver Mézières,
Fit chanter sous les drapeanx,
A son armée entière :
   Oui, je suis soldat, moi, etc.

Si Turenne, rarement
Vit sa valeur trompée,
C'est qu'il s'écriait gaîment,
En tirant son épée :
   Oui, je suis soldat, moi, etc.

Mars est père de l'Amour,
Et le guerrier fidèle
Est sûr d'un tendre retour
Dès qu'il chante à sa belle :
   Oui, je suis soldat, moi, etc.

Verse Bacchus, verse nous,
Quand, au Roi qu'on adore,
On a bu cent et cent coups,
On chante mieux encore :
   Oui, je suis soldat, moi, etc.

Si quelques débats chez nous
Venaient à s'introduire,
Soudain, amis, songeons tous
Que nous venons de dire :
   Oui, je suis soldat, moi, etc.

De Bacchus, de Mars, d'Amour,
Goûtant la triple ivresse,
Soir et matin, nuit et jour,
Français, chantons sans cesse :
  Oui, je suis soldat, moi,
    Je sers ma patrie ;
Pour la France et pour mon Roi
  Je donnerais ma vie.

DÉSAUGIERS, *S.-Lieut. de la* 10e. *Légion.*

RONDE FRANÇAISE.

AIR : *Mesdemoiselles, voulez-vous danser.*

  VIVE le Roi, vive l'bon temps,
    Qui r'commence
    Pour la France ;
  Vive le Roi, vive l'bon temps,
  Qui r'vient pour les bons enfans !

Plus de ces bons amis d'la France,
Chauds partisans d'l'indépendance,
Qui n'parlaient que d'brûler Paris
Pour mieux réchauffer les esprits.
  Vive le Roi, vive l'bon temps, etc.

Au lieu d'tous ces canons en lignes,
Sur Montmartre j'plant'rons des vignes
Qui nous produiront d'aut'canons,
Qu'à la santé du Roi j'boirons.
  Vive le Roi, vive l'bon temps, etc.

Au lieu d'ces batt'ries assassines,
J'n'y mettrons qu'des batt'ries d'cuisines
On n'y battra plus que du grain,
On n'y tir'ra plus que du vin.
    Vive le Roi, vive l'bon temps, etc.

Mais j'nons pas perdu la mémoire,
Et j'prendrons le chemin d'la gloire
Dès que l'bon droit nous y mèn'ra,
Et qu'LOUIS nous l'ordonnera.
    Vive le Roi, vive l'bon temps , etc.

Cheux nous plus de race étrangère,
Je s'rons tous fils du même père,
Et si j'mourons d'vant nos enn'mis,
Ça s'ra pour un Roi d'not'pays.
    Vive le Roi, vive l'bon temps,
        Qui r'commence
        Pour la France ;
    Vive le Roi, vive l'bon temps,
    Qui r'vient pour les bons enfans.

CHANSON DE CADET BUTEUX,

Chantée au Banquet qui a eu lieu le dimanche 4 mai 1817,
chez ROBERT, rue Grange-Batelière.

Air : *Mon galoubet.*

Et moi z'aussi   (*bis.*)

Qui, d'puis trois ans, ne fut qu'trois mois triste,
J'veux chanter c'te circonstanc'ci,
Je n'suis point z'auteur, point z'artiste,
Mais chacun d'vous est royaliste,
    Et moi z'aussi.   (*quatre fois.*)

Et moi z'aussi   (*bis.*)

J'lons vu c'te superbe journée,
Qu'était la veille de c'jour-ci,
D'joie et d'amour, comm' l'autr'année,
Tout l'monde avait la têt'tournée,
     Et moi z'aussi.   (*quatre fois.*)

     Et moi z'aussi   (*bis.*)

J'avais une cocarde blanche,
Et maugré qu'ça fut un sam'di,
Sans y penser, dans sa joi' franche,
On s'était mis sur son dimanche,
     Et moi z'aussi.   (*quatre fois.*)

     Et moi z'aussi   (*bis.*)

J'ons vu les transports où l'on s'livre,
Sitôt qu'paraît l'P'tit-Fils d'Henri,
D'l'espérance de l'voir, de l'suivre,
Drès l'matin tout l'monde était ivre...
     Et moi z'aussi.   (*quatre fois.*)

     Et moi z'aussi   (*bis.*)

D'la gard'militaire et civile
J'ons vu l'cortége entrer chez lui ;
Vous avez vu v'nir à la file
Tout ce qu'il y a d'savans dans la ville,
     Et moi z'aussi.   (*quatre fois.*)

     Et moi z'aussi   (*bis.*)

J'ons eu l'bonheur d'l'voir, d'l'entendre
Comme j'vous entendons ici ,
Chacun jurait à ce Père tendre
D'l'aimer, d'le servir, d'le défendre ,
     Et moi z'aussi.   (*quatre fois.*)

  Et moi z'aussi (*bis.*)
J'ons eu peur un instant d'l'orage ;
Mais ça n'dura pas, Dieu merci.
Quand l'Roi fut dans son équipage
L'temps s'découvrit sur son passage,
  Et moi z'aussi. (*quatre fois.*)

  Et moi z'aussi (*bis.*)
Des Parisiens j'ons vu l'ivresse,
Ils criaient tertous à l'envi :
Vive le Roi, l'Duc, la Duchesse !
Monsieur, Berri, not jeune Princesse !
  Et moi z'aussi. (*quatre fois.*)

  Et moi z'aussi (*bis.*)
J'ons vers le soir fait not' tournée ;
Tout un chacun heureux, ravi,
Avait sa f'nêtre illuminée,
Avait sa face enluminée,
  Et moi z'aussi. (*quatre fois.*)

  Et moi z'aussi (*bis.*)
J'gard'rai longtemps dans ma mémoire
Le souvenir de c'jour chéri ;
Mais à c't'heureux jour, à sa gloire,
Il paraît qu'vous allez tous boire,
  Et moi z'aussi. (*quatre fois.*)

    Désaugiers et Gentil.

DIALOGUE

Entre CADET BUTEUX et FANCHETTE sa femme, le jour
de l'Anniversaire de l'entrée du ROI dans sa Capitale.

AIR : Je voudrais bien voir.

LE v'la donc de retour,
Ma p'tite Jeannette....
Ce ben heureux jour
Où j'fum' si casquette !
Vive, vive le Roi !
J'vons encore être pompette,
Vive, vive le Roi !
Mon pays, ma femme et moi !

FANCHETTE.

J'sais que tu bus c'jour-là
Ton vin sans baptême,
Aussi tu n'fis qu'ça,
Mais j'chantis tout d'même :
Vive, vive le Roi !
Qu'bon gré, malgré, faut qu'on aime ;
Vive, vive le Roi !
Mon pays, ma femme et moi !

CADET.

C'biau jour a si ben
Terminé la guerre,
Que sans le méd'cin
On n'mourrait plus guère :
Vive, vive le Roi !
Qui veut qu'l'on reste sur terre ;
Vive, vive le Roi !
Mon pays, ma femme et moi !

FANCHETTE.

Mais vois donc un peu
V'là z'un temps d'dimanche,
L'ciel est aussi bleu
Qu'ta cocarde est blanche;
Vive, vive le Roi !
Qu'a le soleil dans la manche,
Vive, vive le Roi !
Mon pays, mon homme et moi !

CADET.

Puisque l'soleil luit,
Faut en réjouissance
T'mettr' sur ton dix-huit,
Pour le Roi de France;
Vive, vive le Roi !
Qui nous r'met l'cœur à la danse,
Vive, vive le Roi !
Mon pays, ma femme et moi !

FANCHETTE.

Oui, sans violoneux,
Mettons-nous en danse;
Par un avant deux,
Tiens, v'là que j'commence :
Vive, vive le Roi !
Ferme, et n'manqu' pas la cadence,
Vive, vive le Roi !
Mon pays, mon homme et moi !

CADET.

Pour nous r'mettre en train,
Un p'tit coup, ma chère,
J'nons que du p'tit vin,
Mais j'ons un grand verre;
Vive, vive le Roi !
Pour lui plus j'bois, plus j'm'altère,
Vive, vive le Roi !
Mon pays, ma femme et moi!

FANCHETTE.

Si tu m'fais aller
Autant qu'mon cœur d'sire,
J'vas tant m'essouffler
Que je n'pourrai plus dire :
Vive, vive le Roi !
Pour qui l'vin aujourd'hui s'tire,
Vive, vive le Roi !
Mon pays, mon homme et moi!

CADET.

Verse-moi sept fois,
Je te verserai d'même,
Aujourd'hui je bois
A tout ce qu'l'on aime,
A la santé du Roi,
D'd'Artois, d'Berri, d'Angoulême,
A la santé du Roi,
D'mon pays, d'ma femme et d'moi.

DÉSAUGIERS et GENTIL.

CADET BUTEUX ET SA FEMME.

LE HUIT JUILLET.

AIR : *La Garde Royale est là.*

ALLONS , femm'faut en découdre ,
Donn'moi mon pantalon neuf ;
Un coup d'peigne , un œil de poudre ,
Et mon bel habit d'Elbeuf ,
Donn'moi ch'mise et cravat'blanches ,
Tir'mon castor d'son étui. . . .
— Eh ! mon dieu ! comm'tu t'démanches ,
« Queu jour est-c'donc aujourd'hui ? »
    — Qu'eu jour c'est ?   (*bis.*)
Eh pardin! c'est l'huit Juillet.

(Cadet s'habillant.)

Dis-moi , t'souviens-tu , Jeannette ,
Qu'l'an dernier à pareil jour ,
J'sentis au r'tour d'la guinguette
Un p'tit r'doublement d'amour ?
J'en ons eu c'marmot qui tette ,
Et qu'jons exprès nommé LOUIS ;
Faut morgué qu'il soit d'la fête
Et du nombre des réjouis ,
    Puisque c'est   (*bis.*)
Un enfant du huit Juillet.

Pour mieux continuer not'route,
A c'cabaret-là que j'voi,
Faut c'mmencer par boir'la goutte
A la santé d'not'bon Roi.
Mon Dieu ! com'la foule y abonde !
Entrons vite dans c'lui-ci,
P'têt'ben qu'il y aura moins d'monde ;
De buveurs i'r'gorge aussi !
      Comme on est   (*bis.*)
Altéré le huit Juillet.

Qu'est-c'que c'te march'triomphale ?
Mais c'est, si j'y voyons ben
Les dam'et les forts d'la halle
Qui du Château prenn't le ch'min ;
Mais vois donc, vois donc, ma chère,
Que d'bouquets ils ont cueillis !
J'crois voir marcher un parterre
D'immortelles, d'ros's et d'lis ;
      J'vois c'que c'est   (*bis.*)
C'est l'bouquet du huit Juillet.

Courons aux Champs-Elysées,
Car faut aussi que j'dansions ;
Vois donc à tout'les croisées
Que d'drapeaux et que d'lampions !
Partout mêm'transports, mêm'foule,
Partout l'cœur d'plaisir bondit,
Partout le bouchon part, l'vin coule,
Partout l'nom du Roi r'tentit....
      J'vois qu'tout est   (*bis.*)
Com'c'était le huit Juillet.

Vois ces jeun'gens en cadence
Dansant, leurs belles sous l'bras,
Ben sûrs qu'pour une autre danse
Demain ils n'partiront pas ;
Avec l'temps not'petit drille
Comme eux, sain et sauf pouss'ra,
S'mariera, s'ra pèr' d'famille ;
Et j'dirons en voyant ça :
    « C'est l'bienfait   (*bis.*)
C'est l'bienfait du huit Juillet. »

Allons femm'viens t'en sus l'herbe,
— Qu'est qu't'y veux donc fair, Buteux ?
— L'cœur est gai, l'temps est superbe,
I'faut en faire autant qu'eux.
— Je l'veux ben.... — Mais com'tu t'lances !
Tu n'en as jamais tant fait.
— J'danserions huit contredanses,
— T'as donc r'trouvé ton jarret ?
    — C'est l'jarret   (*bis*)
C'est l'jarret du huit Juillet.

Mais il est temps que j'me r'pose,
— Eh ben, sus l'herbe étends-toi,
Le gazon est un'bonn' chose,
Avant d'dormir embrass'moi ;
— Eh quoi, huit baisers de suite !
Tu n'en as jamais tant fait,
Qu'est qu'c'est donc que c'te conduite ?
— Tu ne d'vines pas c'que c'est ?
    C'est l'effet   (*bis.*)
C'est l'effet du huit Juillet.

DESAUGIERS et GENTIL.